KB107609

고안나 시집

따뜻한 흔적

시집을 내며

몸 벗는 순간, 차가운
정신으로 허공 뚫었다
한눈팔 시간 없었다
뒤 돌아 볼 겨를 없었다
시위를 떠난 화살
바람을 읽었다
몸 밖의 삶 만만찮다
위선도 체면도
허물처럼 벗었다
목적지는 그대 심장
쉬지 않고 달리던 중
앉고 선 자리
따뜻한 흔적들 묶었다

2024년 봄

꿈꾸는 섬에서
고안나

▌목 차

◈ 제3부 ◈

◈ 제4부 ◈

◈ 제5부 ◈

<제 1부>

첫눈처럼

포갤 수 없으면 스며버리자
스밀 수 없으면 그냥 녹아버리자
처음부터 없었던 눈 쌓인 길을 걸으며
있고 없음에 대하여
다른 두개가 완벽한 하나가 되어가는
과정을 목격중이다
눈앞에서 벌어지는 현상과 본질을
누구는 내린다 했다
나는 덮는다고 쓴다
지워진다는 말이 실감난다

무채색으로
수묵화의 흑백 얼굴로
본질과 현상이
두 개였다가 한 개였다가
골과 골 사이 소복이 담긴 현상도
스미는 중
아니, 본래의 하나로 돌아가는 중
사랑도 그러하듯이

사진

가두고 싶은 기억의 방식입니다
입으로 할 수 없는 말
눈으로 주고받습니다
그대의 한 순간을
포로로 잡아두는 과정입니다

내 기억이 풀꽃같이 말라 갈 때
내가 나를 잊어버렸을 때
느슨해진 기억의 포승줄을
잡아당길 도구입니다

봄 여름 가을 겨울
나 피고 너 지고
너 피고 나 지고
그렇게 영원으로 이어지는
어느 길목
갇힌 자는 말없이
넌지시 나를 깨울 겁니다

보이는 얼굴과 그런 믿음이
다시 피는 봄입니다

만남의 방식

숨겨놓은 마음 포개는 곳에
기다리는 이름이 있다

생각이 먼저 다녀가고
그 다음 이성이 지나가면
몸은, 마음 찾아 나선
타인의 땅에서 태평양을 만났다

만남이란 이처럼 태평한 것인가
잠시, 떠나온 곳은 접기로 하자
나를 위로하는 시간
적막했던 가슴마저 살굿빛이다

마음 당기고
생각 당기고
몸이 당기는 현상은 살구꽃으로 피는가

내가 아는 너와
너가 아는 나와

만남의 방식을 우리는
태평양을 지나면서 풀었다

쉬 사라지지 않는 흔적들이
작은 바람에도 일렁인다
미처 챙기지 못한 기억들이
태평양 물빛보다 푸르다

너를 감았다

바람의 결이 갑작스레 험악해져서
몸이 통째 흔들리는 줄 알았다
잠 재워야 할 바람과 흔들리는 몸
나는, 몸인가 바람인가
그렇다면 마음을 뒤흔들고 있는
이 바람은 어디로부터 오는 것인가

나는 오랫동안 스스로 불다 지쳐
소멸하는 바람이었다
등 뒤로 저물다가는 시간이었다
그 시간을 몽땅 짊어진 채
풀어놓았던 그 곳에
까만 콩알처럼 굴러다니던 사람들
그들은 어디서 자맥질 하던 바람이던가

오, 들썩거리는
바람 없이도 흔들리는
어딘가에 묶어 놓아야 할 생각이여

목을 감는 바람이 심술궂다
추억의 강변에서 꿈을 꾸듯
푸른 장미 문양의 스카프를 두르듯
나는 너를 감았다

노을빛에 붉어지던

그 무렵이다

누구나 한 번쯤
다른 나로 살고 싶은 때
그러나 변할 수 없는 본질과
카멜레온처럼 달라지는
현상은 어쩌란 말인가

함께 가는 길이라 착각하며 살아가지만
알고 보면 언제나 혼자 가는 먼 길인 것을

꽃들이 진 자리엔
사람꽃밭 이더라
어깨와 어깨
손과 손의 거리가
너와 나 우리의 사이였던
그 강변의 이야기를 기억하는지

술렁이던 물살의 주렴은 헤아려 보았는지

저도 저 혼자 노을빛에 붉어지던 그 때
붉어지던 마음은 어디에 숨었는지
살면서, 몇 번이나 더 붉어질 수 있는지

물살을 가르는 유람선 위의 젊은이들은
카멜레온처럼 붉게 속삭이고
노을이 서럽게 풀어지던
그 무렵이다

커피를 마시며

진한 향기에 걸맞은 얼굴이 있다

아메리카노!
그 아름다운 중독을 아는가
함께 있어도 쓸쓸한, 그 중독의 시간을 아는가

비껴가는 석양의 그림자 뒤로
소멸하는 빛바랜 젊음을 아는가
아스라이 멀어지는
커피향 같은 날들을 아는가

허전함을 채우려 커피를 마시면
심장 사이에 박힌 이름 하나, 목이 멘다

쉬었다가
마쳤다가
다시 이어지는 언어의 유희처럼

말과 말 사이에

말이 끝난 뒤에
미처 다 하지 못한 말 다음에
한 모금 또,

아메리카노에 중독되고 싶은 밤
나는 그립고
너는 없는, 이 쓸쓸함이여
기어이 끊어 낼 수 없는 이 고독이여

바람 부는 쪽으로

바람에 실려 제 흔적 지우는 낙엽은
애써 뒤돌아보지 않는다
기약할 수 없는 먼 길, 그저
굴러가는 시간 속으로 사라져갈 뿐
계절을 지워가며 꽃 진 자리 아물듯
두꺼운 마음도 얇아지고 싶다
때로는 흘러가는 강물처럼 보내고
새들이 앉았던 나뭇잎의 흔들림처럼
가벼울 수 있다면
허공에 뒹구는 우리들의 시간
보이지 않는 이 중량은 어디로부터 오는가
겹겹이 쌓인 먼지처럼
끝이 보이지 않는 벼랑으로 떨어질 때
한번쯤 온통 비우고 싶다
담기에 급급해서 뒤죽박죽된 생각들
내 것인 양 품었던 가슴의 한켠을
바람 부는 쪽으로 열어놓고 싶다

참꽃 보러 갔더니

잊은 것이 아니다
하루는 봄비 탓에
또 하루는 뿌연 황사 탓에
차일피일 미루다 늦었을 뿐
마음이 없어서가 아니다

너 보고
하늘 보고
그 가운데 낯익은 얼굴 하나
살아서 뜨거운 가슴 열고
몇 번이나 더 안아 볼까
이제 가면 또 한 세월
지레 겁부터 난다

산굽이 굽이
뛰어다니던 기상은 다 어디로 갔는지
납작 숨어있는 얼굴들이 반갑고 서럽다
깨닫기도 전 봄날은 가고
마냥 기다릴 줄 알았던 참꽃들 자리를 뜬다

역류할 수 없는 길에서

고집 속에 갇혔다가
몸 허물며 나선
길이 있다

웅덩이에 고인 물처럼
세월 앞에 덥석 주저앉은
앉은뱅이걸음, 지렁이처럼
땡볕에 말라가던 그 즈음
그늘자리 만들어주던
갈대 숲 기억마저 가물가물한
거기는 어디였던가

한번쯤 극적인 탈출을 꿈꾸었던
사랑은 강물 같아
가고 또 가고
물이랑을 평정하면서
바다로 가는 강물처럼
창문을 타고 내리는 빗물처럼,

포구에서

묶인 배와 묶이지 않은 배가
서로 열심히 바라본다

마음의 팔은 분명 저 만큼 뻗어
몸을 묶고 싶지만
무정타, 생각 바뀐 포구여
박탈당한 자유와 완전한 자유가 공존하는
그 사이 개펄이다

미처 물과 묶지 못한 불찰이다
습관은 정신을 묶었다
목 사슬 묶인 채, 말 잘 듣는 아이처럼
안일한 행동을 묶었다

고삐 묶인 소, 맞다
이랴 그러다 말뚝에 묶인 채
꼼짝 않고 하염없이 시간의 풀만 뜯는다
자꾸 돌아 봐도 갈 수 없는
출렁이는 풀밭이다

제 2부

저녁 강

물 먹은 돌처럼 가라앉고 싶을 때
수초처럼 영원히 물속에서만 살고 싶을 때
가끔씩 그런 때가 있다

눕혀놓은 바람처럼 자꾸 일어서지만
때로는 나뭇가지에 걸려 추락하고 싶을 때

오랜 습관처럼 낯설지 않는 저 길
이미 알고 있었던 풍문처럼
저녁 강에 부려놓은 나의 그림자
눈빛 읽고 가는 바람소리

산 하나 잠기고 나무들 물구나무서서
멱 감는 저녁 불빛이 따뜻하다

오솔길에서

자작나무 그림자 사이
거미줄처럼 뒤엉킨 잡풀들
기를 쓰고 달려오는 바람의 몸짓
떡갈잎은 종소리처럼 뛰어 다니다
젖은 발등 위에서 잠시 휴식중이다

낡은 옷 헤진 꽃무늬처럼 희미한 저편
햇빛 지나간 자리마다 아득하여라

달아났다 되돌아 온 바람에게
한 쪽 뺨 내어주고
먼지 쌓인 가슴의 한켠
헐렁한 문고리 잘라버리면
저무는 시간 끌어다 채울 수 있을까

칭칭 감겨 비틀거리던 길 위에서
거미줄 엮던 설익은 얼굴들
어디쯤 빗장 꼭꼭 걸어 잠근 채 붉어지고 있을까
등을 토닥거리는 바람에 떠밀려

돌아오는 길
쪼그리고 앉은 민들레 눈물이 흥건하다

다리를 건너며

광안대교가 달리는 차를
몸으로 받아내고 있다
그 몸 받치고 있는 물컹한 물의 힘
물의 중심 들었다 놨다하는
어떤 힘, 받고 받치고 주무르는 동안
나는 바다를 건넜다
자동차 엔진 핸들 바퀴의 힘인 줄 알았던
보는 것만큼 알게 된다는 말씀
새삼스럽다
한 세상 건너는 일
내 속의 격랑
몰랐던 바람의 파고
이들은 또 무엇을 옮기고 있는가
수면의 표정을 바꾸며
보이지 않는 청어떼 같은 문장들이
뭍에다 머리를 들이박는다
자동차가 줄줄이 다리 건너는 중이다

열차는 떠나고

의식을 지배당한 깊은 잠에서
사슬이 풀릴 때
열차는 예정된 행로를 향해
기적소리마저 속으로 삼키며 떠났다
교행의 순간처럼
문을 반쯤 나선 어깨 사라지자
그 다음 본능적이다
완벽한 잠의 포로가 되어
잘못 내린 구포역
휘황찬란한 모텔 간판들
시야를 빠져 달아난 열차 꽁무니
물끄러미 바라본다
놓쳐버린 것에 대하여
놓치고 산 것에 대하여
가서 오지 않을 것과
영영 다시 오지 않을 것에 대하여
떠나버린 흔적 지우며
초승달이 빙긋 웃고 있다

코스모스

구월과 시월 그 어느 날
향수에 젖어 다시 찾는 이름입니다
사랑과 이별 사이에 있습니다

바람이 무거워지는 시간
곡선의 선율 아름답습니다
무반주로 오는
가을의 시간 괜히 가슴이 짠합니다
기다림 끝 목이 휘어집니다

2시에서 3시 사이
지상으로 뛰어내린 별들 만납니다
나도 별이 됩니다
어젯밤, 몽골 밤하늘 어디쯤 향연 막 끝낸
뭇별들 달려와 꽃이 되었나 봅니다
잠들지 않는 별들입니다
깨어있는 꽃들입니다

걸어서 당도할 수 없는 추억 속으로 다시 길 냅니다

저 작은 입들의 탄성에 분홍 꽃물 듭니다
황혼 무렵까지는 아직 몇 시간 전입니다

갈대밭에서

해질녘 슬프게 우는 것이 너 뿐일까
움켜 쥔 손을 푸는
너의 몸짓을 노래라고 하자
바람처럼 날고 싶어
날개 펴는 갈대를 본다
맨 몸으로
바람 앞에 쓰러진다
기울어진다
이것이 마지막 너의 몸짓이라면
가을은 나에게
사랑을 배우라고 한다
혼돈의 시간
세상이라는 늪에 빠져 어쩔 줄 모르는
웅크린 날개 앞에서
바람도 한 번씩 제 만큼의 무게에 넘어진다

한 사나흘 정신없이 흔들리다 보면
제대로 된 삶의 방식 하나 터득할까
바람이 불지 않았다면 내가 나를 잊고 살 듯

너 또한 노래하지 않았으리
빈손들의 함성에 새들은 날아가고
노을빛 하늘 따스하다

가을 속에서

속절없이 파고드는 바람소리에
문득, 꽃인가 하니
이미 꽃이 아닌 세월 속의 바람꽃이다
언제 꽃이었던가
휘청거리며 기를 쓰고 일어날 때가 언제였던가

머리칼 위로 지나가는 햇빛과 바람의 길
그 길 따라 연민의 눈길 보낸 적 있었다
절정의 순간도 아는 듯 모르는 듯
한세상 그렇게 잊고 살았다

가을빛 아스라이 멀어지는 허공 속으로
코스모스가 길을 열면
가을 속에서
버려야할 것은 또 무엇이던가
내 몸을 찌르던 가시와
심장에 박힌 못
내 혈관을 옭아매던 것들이
낱낱의 꽃잎이며 향기였던 것을

침묵을 깬 가을은 참 빠르다
아! 추스른다고 하여 다시 한 번 꽃 필 수 있을까

겨울 강

휴식 중인 산의 침묵만 깔리는 것이 아니다
새털처럼 날고 싶은 구름의 표정이나
강을 뛰어넘는 철새들의 날갯짓
나른한 햇살 받은 물가 풀잎들
그 작은 소리들이 어우러져
비늘처럼 깔리는 저녁
수척한 발자국 끌고 온 그림자도 섞인다
강은 넉넉하게 감싸 안은 채
제 가슴 수면 위에 열어놓았다
허겁지겁 뛰어온 시간
무엇하나 채운 것 없는 빈 깡통처럼
먼데 들려오는 개 짖는 소리
공명 되어 허공에 날아간다
물가에 뿌리 엮인 풀잎들보다
더 흔들리는 눈빛마저 담아내는 강
긴 세월, 강가에 서있는 나무들은 안다
차라리 나무이고 싶을 때
텅 빈 가슴 속에도 참방참방 물소리 들릴까

날 선 검처럼

천국 아니면 이제 우리는
다시는 만날 수 없다
날 선 검처럼 단호하게 하시던 말씀
아니, 절규에 가까웠던
97년의 생은 붉은 노을 속으로
힘없이 풀어지고 있었다

사람 살리는 좋은 시 한 편은
구름 같은 인생을 윤택하게 하는 법이거든
시(詩)도 생명이 빠지면 파이야
죽어 천년은 산 하루보다 못해
명 떨어지면 다 그만이지
막힘없이 시 한 수 줄줄 엮으시던 분

나이 들수록 밉지 않게 늙어가고 싶다며
개구쟁이 아이처럼 웃으시던 아버지
나의 종교 내 시(詩)의 원천
날선 검처럼 번쩍이던 그 눈빛
이젠 어디 가서 뵈올꼬

목련 연가

병상에 앉아 거울 보시던 울 엄마
딸 온다며 붉은 연지 꺼내어
입술 바르시고 목련꽃처럼 환하게 앉아
창 밖 바람을 불러 들였다

올 때가 됐는데
차가 많이 밀리는 갑다
벌써 저녁때가 다 됐네
혼자서 묻고 답하고
그러다 슬며시 돌아 누우셨다

이 핑계 저 핑계
며칠 만에 찾아가면
반가워서 울다가 섭섭해서 울다가
목련꽃 지듯 봄날은 가고

곱게 해라, 다 때가 있는 기다
마사지도 하고 파마도 하고
늙어 봐라 암만 해도 고운 태가 안나

목련꽃도 한 때야

가고 없는 사랑을 부여잡고 엄마엄마
이제는 들을 수 없는 그윽한 그 목소리
보이지 않는 얼굴은 어디서 필까

백 년도 아닌 생 앞에서

목적지 어렴풋이 눈앞에 나타날 때
왜 안도의 기쁨보다는
깊은 한숨이 쉬어지는 걸까
곶감이 달랑 두세 개 남았을 때, 그 기분
넘기 힘든 중년의 고개턱, 지나온 지 한참 되어서야
지천에 보이는 것들은 왜 모두 슬플까
아름다운 추억도 눈물이며
사랑도 그리움도 슬픔의 행로였음을
목숨 건 그 무엇들이
한없이 서글프고 가소로운 건 왜일까
진작 깨닫지 못한 것은 무엇일까
혼자라는 말
혼자 가는 길
결코 돌아설 수 없는 길 앞에서
한없이 작아지며
가난해지며 슬퍼지며 외로워지며
인생이라고
인생이니까
내가 나를 정확하게 해부해 볼 수 있는

경건의 시간

백년도 아닌 생, 기꺼이 살아 낼 것이다

<제 3부>

상화원에서

섬은, 해무에 휩싸인 채
그립다 그립다
잊힌 얼굴들 불러낸다
보일 듯 보이지 않는 바다의 표정이
그대 마음인 듯
궁금해지는 날
비스듬히 누운 나무와 눈 맞추며
회랑을 걷노라면
발끝 막아서는 찔레꽃 향기
내 마음 몽환적 바다가 되고
줄을 풀고 달아나고 싶은 배들은
까닭 없이 몸 비틀고
아, 뭍으로 퍼지는 이 소문 어쩔꼬
죽도록 사랑하고 싶은 날은
죽도로 오시라
입으로 말 할 수 없는 비밀
바람 속에 있다네

***상화원**_보령 죽도

바다, 그 쓸쓸한 존재 앞에서

다 비워지더라
빈틈없이 채웠던 욕망의 잔재들
정해진 시간 앞에 내 것은 하나도 없더라
내려앉은 하늘과 먼 수평선, 흐느적거리는 안개
개펄 속 작은 흔적 하나 꿈틀대더라
철철 넘치도록 채웠던 땀방울
썰물이 비워내듯 억새풀잎처럼 말라가는 것을
달라질 것 없는 우리들 삶
채웠다 비웠다 두레박 같은 것
해질녘 빈 개펄처럼 비워지는 것을

돌아서 우는 파도소리
안타까운 파도의 뒷모습
누군가 내 등 뒤에서 나처럼
파도의 뒷모습 보고 있는 것일까
가서 오지 않는다 해도
다시 온다 해도
서러울 것도 새삼스러울 것도 없는 파도의 뒷모습
그렇다

새삼 그리울 것도 그립지 않을 것도 없는
바다, 그 쓸쓸한 존재 앞에서.

행담도를 아시나요

하늘빛 보다 물빛이 파래서
서러웠던 날들 있었다

파도는 어느 쪽에서
바람은 어디로 부터
기어이 만날 수 없을 때
울음은 파도가 대신 울었다

그가 부르지 않아도
내가 부르고 싶었던

파랗게 질린 저녁이
찰랑거리는 물소리에 놀라
밤하늘 잔별들 불러낼 때
먼 곳까지 흘러갔다
돌아오지 않는 물소리
기다려 본 적이 있는가

더 이상 이별일 수 없는
손잡고 산다는 것이
얼마나 고마운 일인지
손 꼭 잡고 사는 세월이
얼마나 축복의 날들인지 몰랐던

토끼섬이라는 이름을 가진
행담도를 기억하시나요

***행담도_**
서해안 고속도로, 서해대교가 이 섬을 관통하고 있다.

무창포, 그 신비한 바닷길에서

선 돌 누운 돌, 반쯤 눕다 멈춘
별반 다를 것 없는 물 밑 세상
저 많은 물, 밀고 당기는 힘

누군가 열면
누군가 닫아야하는 문처럼
더디게 열리는 마음속엔 무엇이 있을까

열린 길 따라 나선
발 밑, 가랑비 다녀간 행길처럼
축축할 뿐
뛰어본다 달려본다
출애굽 하던 그때 그 사람들처럼

물이 머물다 간 자리
몸 열어 놓은 조개껍데기들
내 속도 열어 본다
빈껍데기들 생각 없이
날선 흉기처럼 찌를 태세다

비워야할 것은 무엇인지
또 남겨야할 것들은 어떤 것인지

지금, 무창포는 모세의 기적처럼
태고의 계산된 공식 푸는 중이다

그 섬에 들었다

몇 개의 작은 생각들이
물 속 깊숙이 묻혀
까딱까딱 졸고 있는
*죽도라는 이름의 섬

너는 졸고
나는 깨어
한 줄기 바람 같은 시간의 틈 새
잠결인 듯 꿈결인 듯
그 섬에 들었다

은근히 감춰진 마음
대숲 바람소리 풀어놓듯
내 안의 나를 꺼내 볼 요량이다

하늘이 불덩이 꺼내 놓아도
바다가 흰 피를 연신 토해도
말없음으로 가슴 열어 놓은 홍주바다

입 안에 자라는 말과
머릿속 생각 모두 섬이 되어 갈 때
유람선 뱃고동 소리 목 쉰 채 달려오겠지
시간이 우주의 몸 빠져나가며
또 하루 저물어 가겠지

*****홍성(홍주)**_죽도

화양구곡

아홉 폭 병풍 속
자연의 수틀 위, 한 뜸 한 뜸
오색실로 수놓은
온통 금빛이다

수틀 안, 느티나무 잎이 진다
시공 넘나드는 침묵과 흔적
계곡 물소리에 씻겨 청아한데
그 때의 사람 보이지 않는다

하늘 떠받치는 경천벽 넘어
구름의 그림자까지 가둬놓은 운영담
읍궁암 지날 때는 내 목이 곧고
금사담 건너 첨성대 서면 여왕의 모습 보일까
능운대와 와룡암 학소대 지나
용의 비늘 꿰어 놓은 파천에 이르면
바람은, 씻기고 갈린 세월 옥반에 새기고 있다

지나가는 물줄기가 지우면 다시 쓰고

지우면 또 다시 쓰는 중
그 때의 그 사람은 온데간데없고
세월이 빠져나간 자리
뜻밖에 내가 다녀간다

주산지 왕버들

그만 나올 때도 됐는데
고집 센 노인처럼
아직도 물의 중심에 서 계시네
발목 잡힌 그 사연
잡고 있는 물의 심중 무엇일까
무슨 미련이기에
기약 없는 동행 하고 계실까

땅 밟기 싫어
아예 물속에 정착해 버린 몸
손 내밀어 만져 봤으면 좋겠네
집착도 때로는 병이 되어
물 위에 선 채 해탈한 왕버들
굳이 나갈 수 없다며
오라는 그 마음 내 알겠다

아무데나 앉지 않고
아무데나 서지 않고
고요히 사색에 잠긴 채
선경을 다스리는 신선이셨구나

감포 바닷가

바람 불면 더 적막한 해변
입 다문 바다에 가면
문무대왕이라는 소리 죽은 이름이
파도 호령하며 대왕암에 산다

파도가 뱉어놓은 흰 피의 얼룩들
변하지 않는 옛사랑은 바위처럼 그립고
사막보다 쓸쓸한 주인 잃은 발자국들
굳게 닫힌 마음 파도소리로 열면
변하지 않는 천년세월의 말씀들

산발적인 웃음소리 풀어 놓은 채
수평선과 파도는 빈 가슴에 구겨 넣고
대오를 이탈한 갈매기처럼 날아 본다
소리 죽은 이름은 별처럼 환한데
바쁜 몸들 떠나면
별들은 어둠의 방에서 나올까
캄캄해야 밝아지는 밤하늘
만파식적 들릴까

호미곶, 상생의 손앞에서

재촉하지 않아도
절로 붉어지는 꽃 한 송이
피돌기 하는 생의 현장
태동하는 맥박 소리 듣는다

피는 꽃에 대하여
사족은 달아 무엇 하리
한 무더기 안개꽃
피고 지는 생멸의 현장
물꽃 왕창 피어있는 물 밭에서
시간의 무늬만 훑다 놓쳐버린
꽃과 깨진 약속에 대하여

괜찮다
괜찮다
고개 끄덕이는 갈매기
붉은 꽃 한 송이 지는 줄도 모른 채
온 몸 붉어지고 있다

월령교에서

이 다리 건너면 만날 수 있을까
일렁이는 잔물결조차
임의 숨결인 듯 가슴 조이는 밤
휘영청 달빛이라도 밝았으면 좋으련만

달빛 먼저 지나가면 임 오실까
어디쯤 올 것만 같은 사랑아
누군가 엮어 놓은
미투리 신고 달빛이 지나간다

월령교 아래 포개진
달빛과 강물은 그 사연 알까
괴로워라 사모의 마음이여

오른쪽 끝에서 왼쪽 끝까지
그러고도 모자라던 하고 싶은 말
끝이 없어 이만 적는다는
그 여인 애달파라

***월령교**_경북 안동에 있는 다리 (원이 엄마의 편지가 있음)

<제 4부>

바람의 언덕에서

그만큼만
딱 그만큼만 웃어라
더도 덜도 아닌
날지 못하는 날개 서럽지 않을 만큼만
애써 웃어라
내 마음 같은 네 마음
울음도 웃음같이 활짝 피겠다

알타이 산맥 넘어 왔을까
때로는 파편이었다가
통증이었다가
몽골 초원 평정한 느긋함으로
대면하는구나

바람의 언덕에서
두 손으로 너를 만져 본다
가슴으로 안아 본다
바람의 이랑에 겨울새 몇 마리 난다

지심도 사랑가

원시림에 들었다
처음 얼굴 처음 표정
그 처음의 숨소리로 환호하는
누구의 마음일까

허공 끌어 당겼다 놓았다 하며
새들 불러 모으는 곳
붉은 입술 오물짝거릴때
나 동박새 되어 동백 터널에 들었다

옥색 바다 담장처럼 둘러친 동백섬
파도를 데리고 잔물결과
해지도록 속살거리는 사랑가

오! 천개의 입
만개의 붉은 눈동자
천년의 바람소리
만년의 붉은 꽃 기억하는가

동백꽃 보다 붉어지는 나이
처음 얼굴, 표정은 온데간데없고
숲에다 걸어 놓은 붉은 말 몇 마디
슬프고 눈부시다

***지심도**_경남 거제시의 부속 섬

거제 외포리에서

참 얄궂다
그 속 다 비도록 뭐했노
그 속 다 비우고 살면 편할까
젖은 마음 말리고 살면 가벼울까
비운 건지 털린 건지
홀가분하게 매달린 채
서서히 가벼워지는 몸
그 몸 안타까워 바람 들락거려도
끝내 메울 수 없는 가슴인 걸 어쩌나
이미 떠나버린 목숨인 걸 어쩌나

허공에 매달려 내려다보는 세상
꼴불견 당신들
어쩌다 솟대 망에 걸린 것 아니라
오로지 당신들 만찬을 위한
우리의 눈물겨운 보시인 것을
오늘 거제 외포리 대구탕 골목
젖은 몸 마른 몸
오직 한 마음으로

그대를 기다리노니
추위는 썩 물렀거라!

사량도를 품다

섬은 어디서 어디까지 꿈꿀까
손바닥만 한 대섬과
자갈 구르는 소리가
가슴에서 난다는 수우도
바다에 꼭 안긴 남해 금산
누운 채 하늘 품은 두미도
실루엣 반 쯤 걸친 나신의 욕지도
이제 막 겨울 떠나보냈다는 전갈이다

침묵으로 남은 섬 속의 지리산
적막감에 누군가 그리워진다는 칠현산
옥녀봉 칠현봉
그 사이 동강이 있어
그 물결 구불구불 뱀같이 흐른다하여
사량도라 불리는 환상의 섬
윗박도 아랫박도
그 이름 또한 정겨운 섬

파도의 몸짓으로 숨 고르는 오후

애쓰지 않아도 절로 붉어진다
낮달처럼 희미한 생각마저 붉다
사량도인지 사랑도인지
노을에 취한 나는 또 누군지
노을 쪽으로 몸은 자꾸 휘지만
아직 반쯤 남아있는 청춘이다

***사량도**_경남 통영시 사량면에 속해 있는 섬

가덕도 아리랑

그리움에 살고 있는 듯
정적 속이다

바람의 손잡고 걷다 보면
낙조에 붉게 물든 대항마을
불그스름한 길 따라
해 지는 줄 모른 채
서성되는 방파제 끝

접힌 시간의 주름 펼치듯
소환하고 싶은
연대봉 갈마봉 선창마을
남쪽 끝 동두말 흰 등대

파도소리로 목청껏 부르면
아득한 기억의 저편
소리 죽은 추억이 다녀가는 것일까

LP판 턴테이블에서 흘러나오는 아리랑

다방 커피와 필름 카메라가 더 어울릴 것 같은
아날로그의 세계

선창의 아침과 붉은 낙조
잠 깨면 사라질까 잠들지 못하는데
낯선 얼굴에 정 붙이고 살아야 한다며
소리치는 몽상의 힘 앞에
어쩌면 좋아
기억 속에서 잊힌 아리랑
그 때는 어떤 모습으로 걸어 나올까

***가덕도**_부산과 거제도를 잇는 역사의 섬, 가덕도 신공항이 생긴다 하니 생각이 깊다.

남해에서 놀다

지칠 때 한참 됐건만
바다는 양떼구름 몰고
푸른 피 펄떡이며 뛰어다닌다

뉘라서 지칠까
나는 까마득한데

남해 대교가 흔들
산도 흔들 들도 흔들
8월의 흥타령 땀범벅이다

배 모으는 소리
삐거덕 노 젓던 소리
구운몽 사씨남정기 수태했던 노도에 서면
서포의 뒷모습이 보일까
가천 다랭이 마을은
날마다 휘어져 눈물겹다

그저, 살아 돌아오라는

매일 살아내야만 했던 오래된 몸들
독일마을 하늘은 더없이 푸르다

변하는 것과 변하지 않는 것 사이에
낯빛 바꾸는 노을
실컷 놀다 마음 바꾸는 나는,
언제나 나그네

지리산에서 섬진강을 본다

지리산의 속사정 헤아리지 못한 채
해질녘 섬진강 물소리만 챙겼다

안타깝다 속 끓여 본 들
지는 해 타박해 본 들
저물기는 매 한가지

몸 바꾸는 저녁노을
물살의 가락조차 듣지 못한 채
잠시 주저앉은 자태만 숨이 차게 보고 왔다

분홍 몸 벗어버린 초록 몸들
버리고 더하며 가는 십리길
나 움켜쥔 것 무엇일까

아카시아 꽃도 이팝 꽃도 잠깐,
머물다 가는 산과 강 사이
바람도 한 계절 넘어간다고 숨이 차는 잠깐,
흐트러지는 웃음소리

저 끝엔 무엇이 있을까

내가 왜 여기 있는지 모를 때
바람이 슬쩍 알려주면 안될까

유달산에 올라

산은 온 종일 바다를 꿈꾼다

시간이 응축된 산 위에서
기억을 지우고
흔적을 지우고
가슴에 응어리마저 지운
여리고 선한 풍경들
여기에 그늘은 없다

흔들지 마라
깨우지 마라
느리게 몸 바꾸는 물살에 실려
마음 바꾸고 살까
가슴은 넓고 생각 깊어
물 위에 오롯이 앉은
내가 바로 산이다

오! 부드러운 곡선의 푸른 벽
다툼 소리 없이 입 꼭 다문 물소리

어느 누가 목포의 눈물이라 했나
고립되지도 쓸쓸하지도 않는
푸른 벽에 익숙한 목포는 항구다

고군산군도

계림의 봉우리 중 인물 좋은 것들만
빼다 박아 놓은 듯,
아! 황홀한
무녀도 선유도 장자도

섬과 섬 사이
어제는 비가 다녀갔고
오늘은 제 풀에 꺾인 바람이
못 이긴 척 따라 나섰다

섬들이 품은 수만 가지의 표정
가장 중요한 것은
눈에 보이지 않는다 했던가
사람과 사람 사이 그렇듯
내가 못 본 것은 무엇일까

군도가 꽃무리보다 눈 부셨던 날
벌떡 일어설 수 없는 몸의
연대를 측정하자

작은 섬들이 물끄러미 쳐다본다

섬이 섬을 끌고 가는 고군산군도
목덜미 잡아당기는 붉은 노을은
어찌 떼어 놓고 갈까

섬이 되어버린 사람

민들레 홀씨처럼 떠다니다
안주할 곳 찾던 그 사람
죽도라는 이름의 섬 안에
영원히 갇히고 싶었던 사람
바다랑 파도랑 살고 싶어
갈매기 날갯짓 배우던 그 사람
큰 파도의 함성 보다
잔잔한 물의 몸짓 배우던 사람
떨어지는 낙조 살며시 받아 안으며
조금씩 붉어지던 그 사람
모든 것 다 가진 자 같지만
아무것도 가진 게 없어
그리움만 담뿍 남겨 놓은 사람
누구나의 가슴속에
따스한 눈빛으로 남겨진 그 사람
통영 매죽리 파도와 속삭였던 시간들
서산의 해가 지고 싶어 지는 게 아니라는 것
그 섬은 기억할란가

<제 5부>

예당저수지에서

내게는 없는 길
누군가 내 몸 속에 길을 내며
허공 거머쥔 채 떨고 있다
출렁거려도 좋을
존재만으로도 당당한 출렁다리
실루엣처럼 부드러운 물안개
느린 걸음으로
아슬아슬 즐기는 사람들
누군가
공중에 매달아 놓은 가얏고
바람의 손이 튕기면
줄은 안개처럼 부드럽게 속삭인다
깨고 싶지 않는 꿈길
가까스로 깨어나는 물의 표면
몸 휘감는 안개 자락 잡아당기자
쭉쭉 늘어난다
함께 가겠다고 칭얼칭얼 되감긴다
어디로, 어디까지……

애월에서

그리움의 빛깔이다

애월의 바다는 풀냄새가 난다
누군가 쉴 새 없이 밀어 보내는
녹색의 잠언들
누가 난해하다 했던가

물가에 앉아 푹 젖어 살자
달의 입장이고 보면 새삼스러울 것도 없다

물에 빠진 달이 되거나
물가에 쪼그리고 앉아
마음을 긁어 본 사람은 안다

내가 먼저 푹 빠져
심장 깊숙이 한 문장 한 문장 새기다 보면
덩달아 초승달도 파도소리에
흠칫흠칫 놀라며
바다 속으로 긴긴 연서를 띄울까

침묵의 소리까지 깨우고 싶어서
내 발목이 젖는다

어두움이 채 오기도 전에
애월이다
가슴 한 쪽이 아릿한
에메랄드 빛 그리움이다

***애월**_북제주 애월읍에 있는 바다

성산에 올라

아무도 가르쳐 주지 않았다

지우고 또 지워도
지울 수 없는 수묵화 한 점

얼굴 숨긴 가슴 속에는
상처 난 바람들이
떠돌다 다시 바람이 되는 곳
나도 없고 너도 없고
오로지
바람이 행위를 대신하는
전위예술이다

내가 알지 못하고
내가 듣지 못했던 그들의 언어
소리치는 바람이다

하늘과 바다와 땅
함께 바람이다

베일에 가린 일출봉
풍경을 지우는 안개비
여백에 묻어있는 소리들이
궁금한 성산

안개 속에
내가 우두커니 서 있다

***성산**_제주도 성산 일출봉

마라도에서

나 빈손인줄 너를 만나 알았다

흔들리는 빈 가슴으로
뒹굴고 싶었던 곳

살아있는 것들의 숨소리
땡볕처럼 뜨거운데
목화꽃송이는 왜 흔들리나

눈으로 맡는 풀 냄새
눈으로 듣는 파도소리
갇힌 자들이 풀어놓은 자유 속에
섞어 놓은 나의 춤사위 기억해다오

한 백년쯤 잊고 싶은 바깥이 있다면
한 백년쯤 품고 싶은 너였어라
도반을 꿈꾸는 섬에서
옥색 물빛이 감금해도
내 마음의 하늘은 더없이 푸르더라

흔들리는 것과
흔들리지 않는 것 사이에서
까마득히 잊고 살았던 너를 만났다

***마라도**_제주도 최남단에 위치한 섬

가파도를 지나며

너 또한 누구의 사랑이더냐

떨어져 나간 살점
쳐다보기조차 시린데
살아보지도 않고
못살겠다 울먹이는 여자 보란 듯
바다는 흰 피를 토하며 울어 샀는다

방목하던 소떼들 보이지 않고
야성을 잃은 목 쉰 갈매기떼
목장의 노래도 멈췄다

누가 살자 한 것도
누가 살아보라 한 것도 아니라고
갈매기가 어깨를 툭툭 건드린다

뱃머리를 돌리는 여객선
마주 선 눈빛 또한 사랑이어라
파도가 뜯다 만 살점이 해무에 가려 너덜너덜 하다

누군가 한세상 질펀하게 살다가고
또 누군가 한세상 뜨거워 몸 닳을 때
떨어진 살점 위로 청보리가 피겠지

***가파도**_제주도 서귀포에 있는 섬

죽도 이야기

불볕 화살이
정수리에 내리 꼽히는
제주시 조천읍 신천리 죽도

옥색 물빛에 멱 감던 갈매기떼
어떻게 왔느냐 눈 부라리고
나는 사방팔방 너를 찾고
파도는 뒤집어지며 거품 풀어낸다

뭐꼬, 이기 죽도가?
응, 죽도다
뭐 이렇노? 완전 공터네
그렇제, 택지 조성한 것 같제
그래, 맞다
아까 보니까
'바다 경관이 너무 환상적인 별장지 급매합니다'
이렇게 써있는거 봤다

경상도 사람들의 투박한 사투리에

고추처럼 매운바람도 맞다 부추긴다
대나무 한 그루 없는 이름만 죽도인 섬
개명할 수 없는 그 이름
나는, 너를 찾아 왔건만
너의 빈자리엔
아무 풀도 자라지 못하는구나
그렇다면, 내 이름 석 자 속엔
무엇이 자라고 있을까
물어 찾아 온 내 발자국 위로
보란 듯 큰 길 하나 언제쯤 생길지

우도에서

섬에서 섬을 본다

꿈꾸듯 잠에 취한 성산 일출봉
물미역처럼 살랑거리는 파도소리
비취색 바다에 자맥질하면
마음 젖은 한 마리 물새다
퇴색해 가는 시간의 색(色)
헝클어진 생각들
바람에 끌려 우도봉에 서면
노을 젖던 수평선은 어느 쪽 이던가

큰 섬의 속살 같은 작은 섬
물색 짙은 여기
세 들어 산다면
어쩌다 그대 한 번씩 찾아 와 준다면
파도치는 날에도 웃음꽃 필까
활짝 핀 마음으로
등 돌리며 멀어진 것들 살며시 당겨 본다

스스로 섬이 되는 나이
멀리 있는 것은 무엇일까
비가 온다
혼자가 아닌 여럿이 모여 온다

백록담에서

누가, 내 손 잡아주오
내 눈이 멀었소
황홀한 심연의 저 밑바닥
오! 나는 비틀거렸소
숨이 멎을지 몰라
늪 속에 빠져있던 푸른 별 하나
내 동공 속으로 뛰어 들었소

질곡의 세월 고스란히 담긴
외롭고 신성한 별
누가 저 고독의 언어 캐낼까
눈 부셔라
여기서 다시 찾아야 할 사랑이 있던가
방황하는 시(詩)의 촉수 세운다

오! 바람의 굉음이여
뻔쩍이다
한 순간 멀어지는 풍경이여
백록(白鹿)을 위해

휘파람이라도 불어 볼까
바람 앞에 던져진 나는 떨고 있다

관음도에서

한 바퀴 휙 돌아 빨리 나오소
까딱하면 해 빠집니더
그라고 이상하게 생각치 마이소
관음도는 볼 관자에
소리 음자입니더
아마, 저 뒤쪽 쌍굴에서 바람소리가 보일겁니더

경상도 아낙의 투박한 말소리
묻지도 않은 대답이
매표소 입구 들락거린다

그래, 오늘은
바람소리나 실컷 만나보자
꺾어졌다 이어지는 바다로 향한 길
절벽을 타고 괴성 지르는 파도는
또 다른 바람의 몸짓인가
바람 속에서 섬이 쑥쑥 자라며
한 계절이 빠르게 지나가는 중이다

연도교 위에서
나를 심하게 흔드는 이것은 무엇인가
당신들의 눈에 보이는 것은 허상이라고
내 속의 바람이 쨩쨩 소리친다
벼랑 끝 군데군데 쪼그리고 앉은
연보랏빛 해국이 미소 날리는 저녁
후박나무 이파리 바람 안고 뒹굴다
동백 숲에 웅크리고 앉았다

죽도(竹島) 아리랑

댓잎으로 적어 놓은 편지 한 장 받았다

오래된 이야기들 가득한 대섬
스스로 키운 집 한 채 떠메고 가는 민달팽이처럼
364 계단 오르며
빼곡히 적혀 있은 댓잎 사연 읽는다
바람이 덩달아 뭐라 중얼거리고
파도는 한참 따라 오며 읽는 중이다
깍새 몇 마리 은근슬쩍 따라붙어 곁눈질이다

바다도 하늘도 빈 듯, 가득 찬
이 충만한 포만감
참 즐거운 아리랑이다

댓잎의 향기와
사람 냄새가 잘 어우러진 한 계단 한 계단 오르자
바람이 깜짝 놀라 몸 피한다
어딘가 꼭꼭 숨어있을 만파식적이라도 찾아 볼까

파도가 얌전한 날
바다에 떠 있는 신발 한 짝 챙겨 신고
울릉도 어느 작은 섬에 정박한 이방인

아직 뜯지 못한 편지는 다음에 읽자
내게도 부치지 못한 젊은 날의 봉한 편지가
대숲 바람 속에서 살짝 고개 내민다

독도에서

찬란하고 신비롭더라
위풍당당하더라
새들이 먼저 알고 찾아 갔더라

그렇다
동해의 보석
동쪽 맨 끝에 있는 우리 섬

외롭지 않더라
만년, 그 자리서 기다리고 섰더라
거센 파도 키 높이 까지 널을 뛰어도
수평선 길이를 재고 있더라

바닷물이 어디로 출렁이는지
바람은 또 어느 쪽으로 기우는지

바다가 낳아서
바다가 키웠더라

의연한 모습 애처롭더라
늠름한 모습 눈물겹더라
청렴한 결기 자신만만하더라
어떤 파도 앞에서도 굴하지 않는
우리 민족 호랑이 기상이더라

오랜 상처까지 스스로 치유하면서
약한 듯 강인한 모습
호기와 객기 부려 봐도 부질없다는 것
독도에서 배웠다

<제 6부>

석양

노을 번지는 바닷가
남겨진 것들
따스하게 끌어안는 사랑아

금빛 찬란한 눈물 위로
파리하게 사위어 가는 참회의 시간

몇 번을 죽어도
몇 번을 다시 살아나
너는 천년을 사는구나

몇 번의 날개를 폈던가
몇 번의 사랑을 보듬었던가
문신처럼 일그러진 상처만 안고

남겨진 것들의 배경이 되어
낮게 부서져 내리는 알몸의 파편들

눈물처럼 뒹굴며
바다 위 장례를 치루는구나

무의도

보이지 않는 시간 앞에
육중한 몸 이끌며 부지런히 들고난다

흔히 말하는 물때라는
그 하루를 살고 죽는
태초의 약속 같은 억만년 세월

산산이 부셔져도
다시, 봄여름 가을 겨울
그리하여 영원히 끝날 것 같지 않는

누가 오라 했는지
누가 가라했는지
쉴 새 없이 파도치는 저 무량의 생멸
황홀하기도 서럽기 도한 제 몸 부시는 일
사람 사는 일도 같을까

몸에 맞지 않는 옷 걸치고 사는 일
버겁고 고달프다 했던가

무사의 옷 걸친 채 천년세월 살고있는
무의도 소무의도
춤추는 오늘을 보라며
갈매기 날갯짓 넉넉하다…

한계령에 올라

색이 지워진 자리는 온통 흑백이다

가벼웠던 목숨들 머물다 간 자리
군데군데 남아있는 상처도 꽃인가
간밤 긴 사연 말하지 않아도 알겠다

흰 눈 풀어지고
지웠던 풍경들 살아나고
갇혔던 마음 슬슬 풀리는 날
미처 풀지 못한 생각들이 한계령으로 올라온다
한계라는 끝을 찾아 담판이라도 짓자는 것인가

큰 바위 얼굴과 또 다른 바위의 표정은
어젯밤 내린 눈발 속에서
아직도 뒤척이는 중이다

까마귀 허공 찢으며 침묵을 깨는
미시령 옛길 지나 한계령 오면
여기가 끝인가

누군가 간절히 갇히고 싶다던 한계령

그렇다면 봄은 오지 마라
영원히 갇히고 싶은 그들 위하여
그들의 황홀한 고립을 위하여
한계령에는 봄이 오지말아라

오대산 진고개에 와서

말없이 몸으로 행동하라는 듯
흰 눈 펑펑 내린다
세상이 너무 소란스러워 입 봉한 채
흰 눈 소리 없이 쌓인다

적막과 고요 사이
발 없이 움직이는 부지런한 것들
상처는 덮고, 싸매고
응달진 곳은 더 두껍게, 쓸쓸하지 않게
나무 사이 헤집고 눈은 쌓여
더러는 나뭇가지에 앉아
영원을 꿈꾼다

떼 지어 행동하는 가벼운 몸들에게
조건 없이 정수리 내어준 백두대간
서러운 목숨들 바쁘게 점령중이다

겁난다
푸른 잉크 쏟아 놓은

이런 하늘 본 적 없다
텅 빈 하늘에
무어라 쓸 말 찾지 못해
차마, 이곳에서 거짓말은 못하겠다고
속울음 삼키듯 소리 죽여 고백한다

대관령 옛길에서

바람의 날랜 손이 모자를 낚아챘다

왕소금 같은 눈발이 퍼붓다 멎다
회오리치는 대관령
바람의 억센 손은 팽이 치듯
사정없이 풍차를 내리친다
미친 듯이 허공에서 몸 비틀자
온 몸이 날개가 되어
팽팽 돌아간다
맞다 돌아야 풍차다

바람아
나도 쳐서 풍차처럼 돌게 하라
사정없이 돌다 멈추게 하라

우주 밖으로 내몰듯
바람은 한껏 목청 돋우고
지치도록 눈발은
아흔아홉 고개 울고 다닌다

저 울음소리, 폭설과 뒹굴다
끝내 아무것도 가질 수 없는
서러워라, 너의 손바닥

인기척 사라진 옛길
헤매고 다니는 너의 발바닥보다
내 발목이 더 아픈 날
선자령 눈꽃이 겨울 끝자락 잡고 있다

시간 여행

얼굴 없는 너를 찾아
180m 터널 속 들어갔다
8량의 증기기관차
중세와 현세 그리고
나의 시간 들어 있다 했다

시간의 탄생 알린 아인슈타인
타이타닉의 멈춰버린 새벽 2시 20분
추억을 소환하듯
영원한 시간 속에 갇혔다

떨어지는 물시계 물방울
북두칠성과 일직선상에 있는 해시계
모래알갱이가 살아 움직이는 모래시계
그들의 소리가 살아 지구 돌리고 있다

시간의 경계 허물며
내 기억 속에 숨어있는 이름 불러내면
그리운 얼굴들 만날 수 있을까

오~!
시간이라는 이름이여
지구의 뜨거운 맥박이여
시공을 초월한 존재여
영원한 시간 속에 나를 묶어다오

***정동진 시간박물관_** 타이타닉의 멈춰버린 시계와 시간의 탄생부터 아인슈타인의 시간, 중세의 시간, 현대 작가의 눈으로 바라 본 시간(Time) 등을 만나 볼 수 있다.

주문진에 와서

집어등이 쏘아 되는 불빛
갯냄새 흥건한 수산시장 좌판엔
미처 피하지 못한 갯바람 수북이 엎혔다
어둠은 골목골목 소리 죽인 채 들락거리고
숨 떠난 고기들 입 쩍 벌린 채 누웠다

먼 바다 옮겨 온 듯
적응하는 목숨들, 울음 채워진 수족관
탈출하고 싶은 홍게, 랍스터
허공 끌어당기며 수족관 담 넘고 있다
순간, 기아나 형무소 탈출 시도하던
빠삐용, 드가의 굵은 힘줄 보인다

출렁이는 기억 밖에서
인생 낭비한 죄
스스로 반문하며 살고 싶다던
빠삐용 찢어진 날개가
지옥섬 독방에서 접었다 폈다

랍스터, 홍게도 같은 생각일까
이탈하고 싶은 수 십 번의 헛발질에
파도가 친다

틀 안에서 벗어난 내 걸음에 힘 실리는 밤
불빛도 별빛도 앞 다투며 탈출하는
주문진 밤바다
죽을 수 없는 것들로 눈 부신다

영동고속도로에 비는 내리고

두 개의 산이 되어
마주보고 서 있는 영동고속도로
반도의 허리 가르며 차가 달리자
폭죽 터지듯 봄비 터진다
사방팔방 폭발하고 싶은 마음들
매화 산수유, 건너 마을 개나리
목련까지 펑펑 터진다
봄의 속도와 차의 속도 그 사이,
오대산 월정사 방아다리약수
치약산 구룡사계곡은 무릉도원이다

양떼 목장 선자령 눈꽃 뒤로 한 채
커피향에 몸 싣고
강릉, 대관령 휴게소 지나 평창휴게소
횡성휴게소에서 커피향에 또 취하고
문막, 여주 휴게소를 지나
별빛축제 화려는 덕평 휴게소다
강원도 강릉에서
봄비 계속 따라 붙고

동에서 서로 234.5km에 이르는
용인에서 봄비 잦아든다
침묵의 긴 터널, 갇힌 시간 속에서
우왕좌왕 3월이 헤멘다
참을 수 없는 속도로 발길 옮기는 봄꽃들
이 산 저 산 바쁘게 몸 섞으면
어느새 진달래 꽃물 온통 범벅이겠다

영도해안 산책로

파도소리 귀 끌어당기면
엄마냄새 닮은 분꽃향기가 있다
연인들 손 꼭 잡은 채 걸어가고
왼발 절룩거리는 노인과
살집 좋은 여자의 숨소리 거칠다

아, 엄마냄새
머물다 걷다 올려다 본 언덕배기
분꽃무더기 한창이다
까만 열매 뚜껑 열어 분 발랐던 어린 날
빙그레 웃으시던 엄마 얼굴

파도 소리 귀 기울이는 초승달처럼
분꽃향기 쪽으로 몸 기울이면
괜스레 눈물이 나
발꿈치 더 치켜세운다

고즈넉한 남항의 밤바다
사랑도 다 때가 있는데

모르고 살아 갈 뿐이라며
바람이 귓속말로 속살거린다

詩 쓰는 밤

더 이상 먹을 것 없다
남겨진 것 모조리 비웠다는 뜻이다
숨겼던 것들도 몽땅 먹어 치웠다
살만 발라 먹었던 것도 있다
뿌리째, 뼈째 전부 먹어버린 것도 있다
허기진 날, 이 곳 저 곳 뒤졌다
땀 흘리기보다 숨긴 것 찾기가 수월했다
푸짐하던 밥상 헐빈하다
감춰두었던 군것질거리도
야금야금 사라졌다
빈곤의 시대다
이제 땀 흘려야한다
시간을 쪼개야
죽은 불씨 살려야한다
가물가물한 기억 끌어 모아
닫힌 생각 열어야 한다
게을리 할 수 없는 일
배고픔 앞에 허물어질 수밖에 없는
체면 따위는 별것 아니지만

수확이 끝난 밭을 일구듯
내 마음 밭에 쟁기질 할 때다
고갈된 詩心 앞에 대책이 무책이다

<제 7부>

경(更)을 치다
-장백폭포

쩌렁쩌렁
천지 뒤흔드는 소리
직립으로 일어서서
풍경을 찢는다
시퍼렇게 질린 나무들
오금 저린 바람 오도 가도 못한 채
부동자세다

귀 열어 놓은 하늘
마음 닦은 돌멩이들
거침없이 쏟아놓는
훈계의 말씀
숨죽이고 듣고 있다

울음이 울음을 키운
소리로 천년
따끔하게 경(更)을 치신다
백두대간 찰지게 꾸짖으신다

나는 한 잔 술입니다

-천지에서

아무도 몰래
청잣빛 하늘 한 귀퉁이
이름 없는 구름 한 조각 떼어내어
다듬지 못한 빈 잔 채웠습니다

감히 넘볼 수 없는
가장 위대한 자리 天地間
눈 시린 햇살
길 잃은 시간들, 그들이
내 잔을 채웁니다

주인 알 수 없듯
형체 알 수 없는 서러운 바람소리
심장에 박히는 은장도
그런 밤이면
눈썹달 마주보며 취합니다

뒤흔들고 싶은 함성

웅크린 채 찰랑찰랑
건배 제의 기다리는
나는 한 잔 술입니다

흥개호를 아시나요

나만 몰랐네 밀산 흥개호
소리치며 달려간 입의 말 앗아버린
무거운 침묵 또한 가벼운 고요라는 걸
헐떡이며 뛰어온 물처럼 숨 고르기 한 후
몸짓 바꾸어 제 갈 길 떠난다는
동방의 하와이

누가 남고 누가 흐르는지
텅 빈 듯 꽉 차있는 너무 많은 허무
아직 기울기에는 서러운 해 그림자
적막 속에 풀고 되감는 것 무엇일까
누구도 알 수 없는 물 밑 속사정
잠깐만 머물다 떠나라는 듯
어깨 흔드는 너는 누군가

매미 떼처럼 요란한 소리 삼켜버린 입
엎드려 있는 모래알갱이들 말 없고
대신 아우성치는 나는 또 누군가

하찮은 소리는 섞지 않겠다는
흥개호라는 이름 앞에
뒤엉킨 물들 표정 없이 쳐다보는데
다 비워도 무거운 가방 하나
데려갈 수 없는 발자국 몇 개가 전부인
나를 보고 뭐라 할까

삐끗되는 나무다리 위 붉은 깃발만
하염없이 온 몸 뒤흔드는데
가라는 것인지 멈춰라 는 것인지
묵묵히 서 있는 흥개호 돌비석 붙잡고
내 이름 석 자
애써 새기고 또 새겼네

***흥개호** _ 중국 흑룡강성에 있는 가장 큰 담수호
중국과 러시아 경계지역에 있는 호수, 축구장 7개
정도의 크기

오녀산에 솟는 해

오녀산정 뚫고 오르는 아침 해 속에
세발까마귀 날갯짓하며
푸들푸들 날아오른다

고구려의 심장 오녀산
비류수강이 굽어보이고
먼 산맥들 일제히 환호성이다
바람도 쉬 오르지 못하는 병풍절벽
허리 굽은 노송은
주몽의 사람들 기억이라도 할까

웅대하게 펼쳤던 민족의 혼
광활한 만주벌판 달리던
말발굽 소리 아득하여라
천지 속에 고여 있는
고구려인들의 넉넉한 웃음소리
힘차게 건져 올리는 아침
우뚝 솟아라 해야!

***오녀산_** 주몽이 대고구려를 건국한 만주 땅, 환인현의 고구려 제1도읍지

단둥 압록강변 사람들

그늘마저 숨어버린 8월의 땡볕
더 벗을 것 없는 맨살들
석탄 같은 그들 生 퍼 나르고 있다

페인트 깡통으로 길어 올리는 강물
침묵 실어 나르는 배 몇 척
흐느적거릴 뿐
소리 죽어버린 신의주 압록강변
제복 속에 갇혀있는 부동자세 얼굴들

강물은 가면오지 않겠다는 듯
힐끔힐끔 뒤돌아보고
목줄 잡힌 성난 배들만
종일 헛발질하는 강변
찌그러진 빈 깡통 소리 요란하다

두만강에서

구겨진 표정
수습하지 못하는 강 앞에서
반갑다 어쩔 줄 몰라 목소리 흘려보지만
제풀에 놀란 물결만 뒷모습 보이며
옷고름 풀어 헤친 채 피하는 것을 본다

내 속에서 깨지는 물무늬
저들은 바스러지며 어디로 바삐 가는가
가서 돌아오지 않겠다며 울먹이는 강
한 세상 얼룩진 기억이 있다

강의 물살보다 더 빠른 시간의 살
흐르다 엉켜버린 몸 맞댄 채
갈대숲처럼 잉잉 소리치고 싶은 날
마음 닿는 포구에서
물이랑 구비치는 소리 내고 싶다

구르며 더 좋은 세상으로 가는 물결
그가 꿈꾸는 사랑, 어느 해 아래 있는가

연길생태박물관에서

분수를 모르는 가짜 꽃들
흐드러지게 피어
길 안내원처럼 손 흔든다
가볍게 정착해버린
연길생태박물관
빗줄기 훑고 간 자리
헤픈 웃음 허공에 걸쳐놓은
수백 송이 진홍빛 진달래
텅 빈 가벼움으로
맨땅에 뿌리박고 섰다
벌겋게 달아오른
땡볕마저 지쳐 누운 하늘 아래
한 번쯤, 뜨겁게 살고 싶었을까
빳빳이 치켜든 모가지
주체할 수 없는 듯, 휘청
떨어질 줄 몰랐던 꽃송이
바람소리 핑계 삼아
우왕좌왕 땅바닥 나뒹군다
아! 비운의 꽃잎이여

그대들이 남겨 놓은 껍데기
어느 누가 안타깝다 뒤나 돌아볼까

탈북자의 꿈

- 압록강을 건너며

TV 채널 고정시켰다
죽음 택한 그들과 합류한다
어둠은 저승 문턱인 듯 열려있다
목 사슬 묶인 채 바람에 끌려가는 숲
그 명줄 또한 누가 끌고 가는 것일까
강물은 족쇄처럼
바짓가랑이에 얼어붙어
발길 놓지 않으려 바둥거린다
없는 길 만들어 가는 초행길
밀고 당기는 밀림 속
발목 걸고넘어지는 것이 시간뿐일까
한시도 지체할 수 없는 강물
제 갈길 알고 있다는 듯 바삐 달아나고
무거운 바람만 한 짐 진 채 허둥지둥
길은 어디에도 있고 없다
못 본 체 비켜 흐르는 압록강
살쾡이 눈으로 올려다본 하늘
해가 지고 해가 뜨고
좀체 줄어들지 않는 간격 좁혀간다

목숨 저당 잡힌 한 고개 두 고개 세 고개
지나간 발자국 흔적 없고
바람만 통곡하는 골짜기
들숨 날숨 눈치껏 쉬었다
될 대로 되라며 벗은 몸 부딪치는 나무들
잎 떨어져 나간 상처 핥고 있다
수천만 리 돌고 돌아온 길
멀리 온 듯 제자리인 듯
밀림의 흔적 닦아내며 소리의 향방 가늠해 본다
남쪽나라에서 만나자던
일곱 살짜리 진욱이, 꽃제비 그 아이
웃는 듯 우는 듯 붉어지던 눈자위
차마, 믿을 수 없다는 듯
웅크린 새가슴 폈다 오므렸다
죽음의 영 넘는 일 만키로 미로 찾기
그렁그렁 맺힌 눈물 산발한 머리칼
던져진 주사위처럼 정착할 곳 찾았다
죽음의 거래, 그 환한 끝
대한민국 품에 안겼다
만세…!

비단길

한 번도 걷지 않았던 순백(純白)의 길 위로
마차가 달릴 때
마부의 자리에 앉아 말의 채찍
힘껏 내리치고 싶다
다시는 돌아오지 않을 듯
노을빛도 훔쳐서 간다
스쳐 지나가는 사막의 모래바람은
심장을 뚫으며 막 행진을 시작할 때,
내 가슴은 두근거렸고
내가 가야하는 비단길의 행방을 아는 듯
길은 목축인 풀잎처럼 싱싱하다
훔쳐온 노을빛 경계 훌쩍 넘어섰을 때
익은 별들이 사막 위로 나뒹굴고 있었다
아직 천마산은 보이지 않고
마부의 자리에 앉아
말의 채찍 힘껏 내리친다
천 년 전 낙타가 지나간 이 길 위로
가시풀꽃들이 흐드러지게 피어 있었다

백두산

자는 듯 죽은 듯
태연하게 누워
한 세상 꿈이라도 꾸시는가

낮달 하나, 난파선처럼
떠다니는 하늘 바다 위
구름송이 따로 또 같이
몰려다니는데
정녕, 들을 말 없는 듯

입 닫고 귀 닫은 채 천년
꿈틀거릴 때마다
속울음으로 만년

가면 돌아오지 않는 사람
그 뒤의 일은
아무도 모른 채
갇힌 세월 속에 애간장만 녹이십니까

발문

멋모르고 살았다.

첫 눈이 잠깐 다녀간 뒤 걷어내지 못한 잔상으로 시를 쓴 적이 있다. 포개다가 스미다가 녹아서 하나가 되는 풍경 속에서 그런 시를 쓰고 싶었다. 내 속으로 스며드는, 그러다 녹아서 하나가 되는......

멋모르고 살았다. 그냥이라는 말이 적당하다. 멋모른 채 시를 쓰고 그냥 좋아서 쓴다고 했다. 마냥 좋았다. 그런 날들이었다. 지금도 여전히 그렇다. 나를 치유하는 유일한 방법이라고 대답했다. 그러는 동안 세월은 날았다. 덩달아 시간은 뛰었다. 까마득했던 人生이라는 고갯길 뒤편이 이젠 서서히 보인다. 숨 가쁘게 달려 온 것이다. 내가 나를 잊은 채 삶이라는 수레에 실려 덜커덩거리며 별을 건너는 중이다. 아직 길은 멀고 아이처럼 이상과 꿈은 꿈 너머에 있다.

'내 나이 돼 봐라' 하시던 엄마의 말씀이 사뭇 그리운 시간이다. 지금이 그때 엄마의 나이를 살아내고 있다. 1집 '양파의 눈물' 을 발간한지 까마득하다. 곁에 있던 얼굴들이 하나 둘 사라졌다. 그들과의 사이가 아득하다. 내가 가야 만날 수 있는 먼 곳으로 영영 가버렸다. 슬픔이라며 아픔이라며 스스로 절망하고 위로하며 시간을 죽였다. 살아있는 모든 것들을 위하여 잠깐 침묵하기도 했다.

핑계 삼아 작은 신비를 찾아다니며 허기를 면했다. 일상의 경이로운 기적을 체험하려 없던 길을 만들며 바람을 읽었다. 앉고 섰던 자리의 기억들이 소중했다. 바람 한 점, 풀 한포기, 빗방울이 다녀간 자리며 미처 피하지 못한 잔설(殘雪)의 구겨진 얼룩까지 눈물겹도록 다정했다. 이 모든 것들이 지상의 양식이었다. 내가 먹어야 할 신성한 밥이었다.

탕진하며 살았던 긴긴 시간의 보고서다.

괜찮다 괜찮을 거다
속고 속이며 삽니다
내가 나를 속이고 사는 동안
주름살만 늡니다
세월은 그저 태연하기만 한데
나만 속는다고 동동거리며 바쁩니다
내 말에 내가 속아
스스로 위안 받습니다
잘 될 거다
잘 될 것이다 속이다 못해
이젠 최면을 걸면서
정말 괜찮은 듯
정말 잘 된 것처럼
잘도 속아 삽니다
달리 방법 없을 때에는
아주 나쁜 일도 아닌 듯싶습니다
오늘도 속고
내일도 속다 보면
정말 그런 날 오겠지요
체면치레라도 할라치면
정말 괜찮은 날 오겠지요
이 말에 또 속더라도

이것이 인생이려니 하는 믿음입니다

- 고안나 시 '거짓말' 전문

2017년 첫 시집『양파의 눈물』을 내고 7년이 지나서 두 번째 시집『따뜻한 흔적』을 내었다. 詩를 잊어서가 아니다. 눈 비벼도 보이지 않는 길 위에서 세상이 깜짝 놀랄 詩 한 편을 위하여 울고 웃었다. 얼마나 더 가야 하느냐고 물을 때마다 나의 여행은 더 오래 걸릴 것이며 나의 침묵은 또 얼마나 길어질지......

내 詩의 원천, 날 선 검처럼 번쩍이던 그 눈빛
2023년 7월 11일 소천하신 아버지 고재상 목사님께 이 시집을 바칩니다.

따뜻한 흔적

초판 발행 2024년 3월 30일
지은이 고안나
펴낸이 김복환
펴낸곳 도서출판 지식나무
등록번호 제301-2014-078호
주소 서울시 중구 수표로12길 24
전화 02-2264-2305(010-6732-6006)
팩스 02-2267-2833
이메일 booksesang@hanmail.net

ISBN 979-11-87170-67-9
값 10,000원